무의 노래

차례

제1부

제2부

제3부

해설

앞에

시집 『초혼』과 『어느날』이 나온 뒤로 5년이다. 다섯 번의 가을을 애지중지로 지내는 동안 둘은 하나와 하나로 돌아간 적 없다. 늘 둘로 무애無涯의 율律을 자아냈다. 시와 시 속의 화자 사이의 팽팽한 시절 인연이다.

쓰기와 읽기로 손과 눈이 놀았다. 거의 연중무휴로 시의 시간을 살았다. 몇 날 며칠을 읽어야 하는 긴 서사시의 교열을 뒤이어 내 오장육부의 완연한 파도들이 울긋불긋 시편들로 쌓여왔다. 이런 날들의 평상 가운데서 나의 황홀한 플랑크톤 빛 알갱이들이 남몰래 춤추었다.

본디 무시무종無始無終의 공간을 떠도는 파동이 내 운명의 입자들을 몰고 다닌다. 이런 무작위의 생태가 이따금 두렵기도 하고 기쁘기도 하다.

아내의 탁마가 있었고 딸도 돌아와 있는 동안 초고들을 입력해 주었다. 이런 가족의 은덕이 세상의 은덕과 함께 나의 정신의 모항母港을 열어주었다.

저 1970년대 말 어렵사리 태어난 실천문학사가 작가 윤한룡의 정성으로 튼실해지면서 이번 시집이 거기서 나오게 되었다. 감은이 깊다.

2022년 가을

고 은

제 1 부

귀향

쇠여
쇠로 돌아가 돌 이거라
구리여
너도 흙이거라

석탄이여 푸른 나무로 돌아가거라

아후라 마즈다의 불 영생의 불
소매 끝 바람으로
네 오랜 불 꺼라
돈의 석유여
피의 석유여
네 고향 땅속 극락으로 내려가거라

때가 왔다

탐욕이여
오늘 밤 자정
네 고향 공허로 돌아가거라

여기에 여기 그대로 돌아오라

소쩍새 소리 들으면서

밤길 나서서
소쩍새 소리 듣는다
어둠하고
어둠 속 나하고
소쩍새 소리 듣는다

소쩍새 소리 듣는다
소쩍새 소리 듣는다
소쩍새 소리 듣는다
소쩍새 소리 듣는다
다른 소리 없이
소쩍새 소리 듣는다

그리움도 돈도 없는 곳
그곳이 온다
거슬러
몇백 년 후로
몇백 년 전으로 온다

소쩍새가 소쩍새 소리 듣는다

그냥에 대하여

어쩌다
책 구석 뒤져
1960년대 신구문화사판
전후 한국문학 전집 시인 편을 본다

시 몇 편씩 자선自選
'시작詩作 노트'와 함께

박성룡 편
시작 노트 '그냥 노트'

오랜만에 '그냥'에 머물렀다
그냥이라
그냥이라

아뿔싸
실로 두려운 말이었다 두렵지 않을 수 없는 말이었다
열두 번도 더
내 혀 위에 올렸다가
내뱉었다

내 몸속의 무엇무엇도 솟아올라

토악질로 뱉어야 했다

도저히 내가 꿀컥 삼킬 말이 아니었다

케냐의 사자로

시베리아 범으로

지축 울리는

남천축의 굵은 코끼리로

그 나약하고

그 나약한 오랜 세월의 말 맞설 수 없으므로

고려 몇천 년의 고락이 낳은 이유 없는 말 한 개이므로

어비리 물가에서

사람이 죽인다
또한
사람이 살린다

저녁 햇빛 다 내려온 어비리 물 가득한 어스름으로

살아야겠다
살아야겠다

잠든 밤 잠든 새가 품은 새소리로
낙엽의 내생으로

율동소律動疎

내 율동

제주도
사라봉 옆
별도봉 벼랑
파도 와서
파도 죽는 한나절에 묻혀

그 파도의 죽음
그 파도 소리의 죽음의 율동
결코 망할 수 없는
그 죽음의 율동으로

목 울어
목 울어
이어받은 율동 이것

인도 다녀와서

시크교도가 되면
즉시
시크교도 단검을 찬다

나 지키고
내 동무 지키는 것

일제 초기
가람 이병기 선생
휘문의숙 교사 부임으로
어깨에 금줄 걸고
허리에
근엄한 일본도日本刀 찼다

김지하 최후진술 '꿩 대신 닭이라고…'
나야
부러진 나뭇가지 하나 휘저어
꿩 대신 닭으로
사바세계 풀섶 헤친다

멸망의 노래

저 스톤헨지 천문天文의 원시 만나라

푸대접 아랑곳 마

북 천축

서 천축

남 천축

아쇼카 석주石柱 만나라

덤으로 산치 대탑大塔의 소경도

어디 가

만색万色의 온갖 체위體位 부조의 벙어리도 만나라

아잔타 에롤라 석굴사원의 썩은 적막

그러다가

상上 이집트 고왕조古王朝 룩소르도 만나라

파라오들 지겨우면

휑한 그리스 수니온곶 포세이돈 폐허 만나라

실향失鄕하라

저 캄보디아 자이바르간 2세 시대

물의 제국 융성 파묻혀

몇백 년 뒤의 앙코르와트로 태어난 것 만나라

그 길로

중국 5대 석굴 사막 동굴
벅찬 흥망들 등 뒤에 두고 돌아오라
귀향으로 서글픈 금의환향으로

쉬었거든

가난으로
가난으로 꺼진 곳
패망의 사비성터 무심의 세월 이룰지어니
그곳 죽었다 살아나거라

한 오리 저녁연기 다음 날 아침 앞 못 보는 햇빛으로 돌
아오리라

속續. 그냥에 대하여

어느 말이나
둘 이상의 다른 뜻 가지더라
아홉 개도 가지더라
그러므로
사랑
미움인지 몰라

하물며 그냥이랴

그냥도 그냥 아닌지 몰라

그냥 봄 아니더라
눈발 흩날려
을씨년
진눈깨비 흩뿌려
아이고
꽃샘바람 심술 설치다가
올 듯
올 듯
올 생각 없다가

좀 느긋해진 척

어느 날 아침

우르르

우르르

우르르

앞 뒤도 모르고 깃들어

개나리

진달래 피어나더군

맨 앞의 매화도

게을러

늦잠 자고 피어나더군

살구꽃

벚꽃 피워낸 뒤

뿌리의 힘

줄기의 힘으로

가지로 우듬지로 힘 다 쓴 뒤

끙끙 앓다가

다 죽은 어르신도 계시더군

아닌 그냥

그냥

묵조선默照禪 반나절

스님께서는
너는 말뚝 신심이 탈이로구나

첫 공안公案
일귀하처一歸何處의 조급을 탓하셨다

머리 정수리까지
화두 꽃 피어올라
수기水氣 앞서
화기火氣 솟아

내 단전丹田 부실로 죽을 뻔
겨우 살아나

경책警策 받은 뒤로
두 번째 화두 조주趙州 무無에 잠겼다
졸다 다그치다 하며
몇 하夏 보낸 나머지
이제 무자無字 어디에 두었는지 몰라

그냥 먼 조상 산소 언저리 같은 묵조默照일 따름

오락가락

한반도 두 바다 오락가락 배운다

동해에서 배운다

깊이
깊이
가라앉아 있다가

저 몇백 미터 물 위
드높이
드높이
슬픈 달 뜨면
그 달빛 못내 그리워
운명으로
솟아오르는 오징어 떼한테 배운다

서해에서 배운다

멀리
멀리

필사적인 조기 떼 오는 소리
나 선유도 피난 시절
막 싹튼 타심통他心通으로 듣는다

북으로
북으로
부쩍 늙어가며

장산곶 촛대 바위 앞바다 회回돌아
더 북으로
더 북으로
신명 다 빠져나간
낡은 조기 허수아비로 마치는
압록강 앞바다
그 남루한 숙명으로
끝까지 끝의 처음까지 숨 놓지 않는 삶이더라

그 고비마다 허위단심 나도 뒤따라간다

옻나무 단풍잎 만나

뒷산 오르는 길
맨 처음으로
옻나무 단풍잎 진홍眞紅에 소름친다

하

변하는 것 말고
어떻게 변하느냐
어떻게 변해서
단풍 못 들고
단풍 드느냐

1백 명 살인마 앙굴리마다
1백1명째 붓다 만나
때려죽이려다
귀의하여
마침내 아라한阿羅漢을 터득하거늘

세월에 어떻게 변하느냐
우연에 어떻게 변하느냐

작용 반작용 가운데

영문 모를 딴 작용 변이로 소용돌이 춤추느냐

어린 것 옆 늙은 것 보아
늙은 것 옆 새로 늙은 것 보아

어떻게 변하느냐

우화 하나

인도네시아 수마트라 북쪽 데우세르에서는
자네나 나의 큰 아버님 뻘이신
오랑우탄께서
이름 그대로
'숲에서 사는 사람'으로
이 나무 저 나무 굵은 가지 휘어잡아
느런히 건너오시는 것

그러다가 좀 따분하시면
언덕배기 숲 헤쳐 내려오시어

거기
이 세상에서 제일 큰 꽃 앞에 새삼 놀라시어
우뚝 말뚝으로 멈추실 따름
꽃 지름 1미터
그 커다란 꽃 들어올릴라치면
무게 6킬로그램이거니와
그 진한 향기
밤의 암향暗香으로 말하자면
썩은 고기 냄새로

어떤 것은

바로 나중의 호모 사피엔스 사피엔스 송장 썩는 냄새로

도저히

도저히

그 독한 냄새마저 견디는

우리 큰 아버님뻘의 오랑우탄 그분들일 뿐

그런데 진화론의 우리 왜 이 모양 이 꼬라지인가

소인배로

모리배로 총질 돈지랄이나

벗

1592년
이덕형이 명나라 간다
소위 천명天命을 구걸하는 왕명 받들었다
벗 이항복이
압록강까지 가
어명 받은 사신使臣 이덕형을 전송하며
한 마디 명토 박는다
만약 이번에 자네가 구원병 못 데려오면
내 송장을
이 나루에서 찾으시게

떠나는 이덕형 화답
끝내 구원병 오지 않거든
자네가 내 주검 명나라 도성에 와 찾아가게나

하나는 강을 건넌다
하나는 건너가는 돛을 보내고 돌아선다

숨은 꽃

속은 겉이 아니란다

다 겉이면
속없는 겉뿐이란다

껍데기여 오라
껍데기여 오라

나 보수반동으로 사뢴다

돌이켜보건대
이 세상은 드러내기 보다
덮어두기
꼭꼭 숨기가 더 많다

성현 반열의 위의威儀이든
영웅 제위諸位의 공훈이든
여느 사람
한 생애도
반 생애도

다 드러내면 세상의 자원資原 무너져

숨은 것
꼭꼭 숨어라
감춘 것
제발 들키지 마라
어미가 새끼 숨긴다

가지 마라 두메 너머 두메 거기 꽃 하나

그 시절 그리워

놀라워라
수원 화성 축성 일대기
'화성 성역 의제'에는 무지렁이 백성의 얼굴 계신다

놀라워
놀라워
축성 노역 삯전도 꼭꼭 받으셨다

엄 강아지
신 고장쇠
원 언노미
윤 점동
최 큰노미
이 큰돌
김 점복
이 작은쇠
차 언노미
최 유토리 그이들
팔도 강산 무지렁이 이름들 거룩하여라

금상수上 홍재弘齋께오서

어느 촌로 붙잡고

안 취하고는 못 가시네 자 또 한잔

권커니 자시거니 하여 마지 않으셨으니

감히 나도 이름 갈고저

고 뜨내기라

고 패랭이라

열하熱河에서

풀은 눕지 않는다

조상의 지평선 알타이 떠나
풀은 눕지 않는다

나 거기 숨어
외로움이
그리움 된다
바람과 바람 소리 밑
풀은 죽지 않는다

나 토사곽란으로 온몸 뒹굴어도
풀은 펄펄 살아
긴 눈보라 맞서 봄을 이룬다

아지랑이 가득 차
어떤 눈도 흐리멍텅
지혜라는 것
감동이라는 것 선무당 아니도록
풀의 무지몽매는 눕지 않는다

나 열하 지난다

두 사람

북한 길주의 밤
나는 그곳 낮은 뒷골목
한 소경 뒤따라간다

어둠은
어둠의 길을 안다
나도 그 소경의 절반으로 눈먼다

남한 해남 연호리의 밤
썰물 져
갯벌의 어둠 수상하다
환하다
환하다
게 눈으로
고둥 눈으로
세발낙지의 개펄 눈으로
조개 눈으로
양식 전복 눈으로
차라리 내일 아침 햇빛 캄캄하리라

누가 내 뒤에서 환히 환히 불러도

내 인조 고막 귀 못 듣는다

며칠의 타력他力

며칠만이라도
내 사상 따위
내 정서 따위 민대가리로 삭발해버리고
오로지
오로지 믿고 싶어라
알라라도 괴뢰라도

딱하디 딱한 나
꿀꺽 생生으로 삼켜버리고
누구를
무슨 님으로
뜬구름을 구름님으로 믿고 싶어라

한 사흘만이라도 받들고 싶어라

종으로
종으로
집 종 몸종으로 섬기고 싶어라
며칠만이라도

그런 다음이야

어느 옥색玉色
―어린 예솔이가 터득한 고려의 색色을 위하여

먼 하늘로 오련다
내 고조 할아버지의 고조 할아버지의 곳
남녘 물가에 오련다
북으로
북으로
지난 해 꽃 소식 따라가련다

어제와 올제 사이
동녘 자욱한 산날개 다하여
서녘 들판 노을로 물러나
밤 썰물 뒤 밀물 오는 소리로
내 귀먹은 적막 깨어나련다

보소라

이튿날 하늘 가 아득히
저승 같은
이승 같은 옥색 자태 너울지는데
어이 남은 설움마저 깨달음마저

다 모여들어

여기 바치지 않겠느뇨

보소라

보소라

고조선 이래 마한 56국 이래

혹은 한恨으로

혹은 흥으로

내 천추의 흉금 해거름 속

젊은 어머니 청자 빛 옥색 소매 저물어

자주 고름 길어라

보소라 먼 아우라 마즈다 터키석 청옥색으로

내 마음 속

고려 비색秘色으로

어느새 샛별 나와

하루의 긴 산 그림자 어스름 따라가련다

보소라

억만금 없이 땡전 한 푼 없이
1만 년의 남양南陽옥색 단청의 마음 열어
신 내려
신 내려
나의 금생 새로 오련다

어느 후렴

멍청하여라

네가 파푸아기니 험준한 골짝에 있건
내가 시베리아 레나강 하류 툰드라에 없건
그 따위
이 따위
무슨 이유인가 필연인가

기어코 아는 바
너나 나나 다만 무엇을 따라올 따름

민들레 씨앗들 하도나 오랜 만유인력 따위에 실려
휠휠 날아올라
어느 객풍客風 한 자락에 휩쓸리다가
어느 곳
어느 때로 내려앉는다

우연도 무엇도 본디 없는 여기나 어디나
고향은 무엇 하러 생기는가
고향 그것마저 천 리 타향 나그네인 줄
누가 아는가

카이스트 거위

카이스트 마당 거닐다가
웬 거위네들
한 떼거리에 막힌다

그냥 가지 마
서로 꾸벅하고 아랑곳하고 가
아랍 휘파람이라도
한번 내고 가

20여 년 전
중년의 교수 이광형
어느 시끌벅적 5일장에 가
새끼 거위 몇 분 사 들고 와
대학 마당에 풀어 놓고
모이 주고
잘 곳도 마련한 이래

카이스트 재학생 거위로
새끼가 어미 아비로
또 새끼들

어른으로
몇 대 번성하는 동안

그대들 없이는
카이스트 없어라

오늘도 정년 넘긴 이 교수와
그의 가벼운 그림자가
이쪽 강의동에서
저쪽 연구동으로 간다
한 떼거리 거위 제자들 만나

요즘 공부 잘 놀지?

차이는 어여쁘다

차이 없는 때 없다

사막 행로

고비 낙타와
사하라 낙타의 차이

뒷산 행로

까마귀와 고니의 차이

우주 행로

16만 년 전 우리 은하와
180만 년 전 안드로메다의 차이

전북 모악산 김일성 조상 묘역 지나
곧추선 벼랑
신선 안된 신선 꾼과 아직도 내려오지 않은 신선의 차이
썰물 소리와 밀물 소리의 차이 마음의 차이

평균 평등 싫어

차이야 말로 완성이고 말고
바다 넓다
산 높다
그대 누군지 나 누군지 모른다

나 자신에게
-휘트먼 투 아니도록

사라져라
사라져라

누구의 성난 재촉 없이도

사라져라

사라질 줄 모르면 다 모르리라
구름으로
연기로
사라지는 것 마저 사라져라

처음으로 너 아름다워라

때죽꽃

언덕 내려오며
허한 가슴으로
저 아래 아파트 단지 너머 본다
배척과
교만과
허위가
한 덩어리로 굳어
그쪽이 이쪽 쳐다본다

그때

내 허리 춤 건드리는 것 있다
굴참나무 밑
때죽나무 휘청이는 가지 끝
어린 조실祖室로
이쁘게
이쁘게
눈치코치 다 마친
흰 때죽꽃들이 나 본다 감히 나도 못내 바라본다

나 병난다

내일이 없으므로 벌써 오늘도 없으므로
70수 년 전
열다섯 살로 생매장당한
봉태 생각이다가

40여 년 전
두 손으로 제 배 두들기며
백마강 달밤에를 부르다가
죽은 백혈병 아우 충조 생각이다가

이런 것을 다 내쳐서
누가 나 데리고 간다
때죽꽃으로
때죽꽃으로

딸이 아래쪽에서 나를 찾는다

태평양

딸하

날짜 변경선 부근일러라
태평양 1만1천 미터 상공
저 아래
펼쳐놓은 바다 청각 상실의 적막을 내려다 본다

거두절미

추락하고저
추락하고저

마침내 중력의 은총으로 추락한다
산더미 너울 아가리 뚫고
전신 파괴로 가라앉는다
한두 번 솟다 말다
뜬다
손목 하나로
넋 한 조각으로 허접쓰레기로 무덤 삼고저

딸하

이 파멸로 언젠가는 달밤의 환생으로 꽃 피어나

눈물 한 방울도 필요 없이
새벽 오뇌 기다릴러라

무제

감히

이백의 시에 무슨 적敵이겠는가

白也詩無敵

11세 연하 두보 예찬으로

봄날의 먼 나그네 이백 그리워하노니

나야

누구 그리울 소냐

이규보 말고

임춘이나

서거정 정철 말고

허균이나

남에서도

북에서도 만고역적 임화나

불가역적으로 만형 삼아

소반 놓고

헛 제사 지내노니

순아 너 어디 있느냐

훌쩍 떠나

어디서 주워들었다
외래적 시선

인간이나
인간 세상 떠나버린 시선
한술 더 떠서
나는 무작정 외계 사관 내거노니

외계의 역사 인식 설정으로

근대 서구 중심 사관 시건방져
진단학회
실증사관 철 몰라
아我와 비아非我의 단재 투쟁 사관
아니 사마천 중화사상 사절
아메리카 선택 노선 사절
훌쩍 떠나

지상의 수작 떠난
우주 암흑 물질

입자의 언어

파동의 언어로 서술할 터

골백번 죽은 초신성超新星으로 서술할 터

말과 더불어

말이 나를 흘겨보다
사팔뜨기의 공허가
내 공허를 보다

초점은 모독이다

공허로 두 눈 만나다
30년 전
중앙정보부 6국 간첩 담당
꼭 말 눈으로
나 보아도 나 보지 않은 나머지
쫑긋쫑긋 귀 움직여
오늘 죽을지
내일 죽을지
하고 윽박지르다

신장 위구르 위쪽 천마天馬가 내 앞에 서다

생시가 꿈

어느 전망대에서

내려다 본다

그대 행성의 문명
확대의 무지
탐욕의 야만
멈추어라

우주에의 오만 멈추어라

호모 사피엔스 사피엔스
그대야말로
우주의 미성년
그대의 미국
세계의 미국화에 미쳤구나
그대의 중국
새로운 천하 휩쓸렸구나

다음의 지각地殼
다음의 우연 모르는
그대의 대계大計 가여워라

어떤 내일이 오겠느뇨

당장 그대 문명
통찰하라

토성고리
해왕성고리로
울어라
우주 암흑으로
목놓아 울어라

격포에서 줄포에서
—김동수에게

누군가의 청춘 거기 묻었다는 곳
누군가의 일생 거기 남겼다는 곳
변산에 간다
비 오다 만 날
벗들이
나 데리고 간다

30년 전
베를린과 드레스덴 사이 아우토반
시속 2백 킬로로 붕붕 떠나던 날 떠오른다
그토록이나
근심걱정 따위 없이
단숨에 간다

누가 격포의 마음으로 운다
모항으로
곰소로 운다
그리운 줄포에는 가지 않는다
다음에 올 곳 남겨

누가 우는 곳 내가 오는 곳이다

저문 내변산
낙조대 두고
원효 없는 원효굴 두고
내소사 두고
불온한 적막 가로지른다

지난 날의 자위自衛
지난 날의 자강自彊
지난 날의 꿈을 묻고
하루하루의 밭곡식 논곡식 익는다

죽고 싶은 곳 있다
살고 싶은 곳 있다
그냥 지나간다 팍 캄캄한 밤길 건넌다

피아니시모

아내가
아침 창에 기대어
무심코 피아니시모 없이 아무것도 아니라 한다

나는 이어받아
기교하고
의식하고 나누어
무엇이 의식이냐
무엇이 기교냐
그런 것 어이없이 사라져야
서편제
동편제 그만두고
요컨대
각설却說 차설且說 그만두고

빈 밀지密旨 하나 내세워

아침 식탁에 첫 가을 햇살 온다
아내 마음 윤슬하고
내 물비늘하고 멀리 떠내려간다

슬픈 기쁨

기쁜 슬픔으로

무주구천동 앞서

무슨 무자비이고 무슨 자비이겠는가
괜히
괜히
어느 장승배기
한 떼거리 지어
미움이라는 것
사랑이라는 것 서툴게 놀아나겠는가

이런 것들 굳이 깨달을 나위 없이
땀이라도 내는 빈 가슴팍으로
한 걸음
한 걸음 날개 시늉으로 오른다

북 덕유산 향적봉에서
저 건너
남덕유산의 마음 맞이한다

그동안 여럿으로 살았다
여럿의 찰나
여럿의 밤으로 살았다

혼자의 숨결도

여럿의 숨결로 나누어 살았다

이제 호젓호젓 혼자의 그림자 좋아

저 아래

여생의 벗 김영호하고

향토 경영 김세웅하고

숫사슴 사제 최종수하고

새벽같은 이기영하고

숨 고르며 온다

나 어디로 꼭꼭 숨어버리려 하다가

짙푸른 늙은 나무 곁으로

웃는 벗들을 간과 쓸개같이 맞이한다

바람이 더불어

내 찬 손 녹여

식을 무렵 재속에 남는 불씨로
따뜻해지고 싶어
저녁 남은 빛으로 누워
따뜻해지고 싶어

꽃샘바람 뒤
진한 뚝새풀 옆
가난한 집 이쁜이 노랑 잔 꽃으로
따뜻해지고 싶어

오래 누워계시던 할머니 일어나신 방 안으로
따뜻해지고 싶어

칼의 넋이나 번개의 넋이나
그런 것 까먹은
일자무식의 정든 이웃집
나지막한 울타리이고 싶어

곧추 선 벼랑 말고
야트막한 언덕배기 찬바람 재워

아이들 언 손
9대조 10대조로 녹여 섬기고 싶어

내 더운 피 남아

익산 미륵사 터에서

귀먹은 동평양東平壤만 하더라
아니
그보다 드넓은 회포 펼치더라

서탑
동탑 훤한 사이
한가운데 아스라히 대탑大塔 솟아
용화세계 열리더라

오호라

낙조의 왕조 멸망 이전의 생광生光
가득히
나중으로
나중으로 이룰 날들 오더라

달 떠올라
거기 천 년의 세상 오더라

감포에서

이 세상의 어디에 있어라

경주에서
감포 가는 길 있어라
가도
가도
못 가는 길 있어라

동해 감포 기어이 가는 길 있어라

수행도
향락도 놓아버린 빈 가난조차
무겁다
가볍다 다한 온 세상으로 가는
길 있어라

동해 감포 여기 태어나지 않으면
어디 가 또 한 번 태어나겠는가

오

새로이

새로이 슬퍼라

저녁 여주

학민과 일선 여주 산다

나 1년에 한 두 차례
여주 간다

영릉의 품에 안겨
엎드린 뒤
몇 살짜리로 언덕 오르내리다
저 아래
신륵사 나옹懶翁 니르바나에 간다

쓸쓸할수록
안 쓸쓸한 노을 속
일선의 빠른 말씨
학민의 총각 웃음 박혀
느런히 평등하여라
이렇게나마
세상의 영원한 불평등 맞서

나냐너녀노뇨누뉴

파파퍼펴포표푸퓨

이런 한글로 사는 내 미욱한 세월 속으로
꿈같이
생시같이
우리 그림자도 자라나 뒤따른다
셋이 여럿으로

김성동을 곡함

내 뒷 스승 김성동을 곡하나니
앞 스승 결코 두지 않은
오직 한 분이신
술에 지는
술에 지는 김성동을 곡하나니

내 고어古語
내 향어鄕語
내 근대어 하나하나
새삼 익히는
저 내포의 느리고 빠른 선천先天으로
혹은 동이東夷 비운으로
개울 삼아
내 90년의 허공으로 곡하나니

보름 터울로
달포 터울로
명작 '국수' 전 5권 무궁무진 속
알딸딸하여라

벽초 임거정의 넉넉한 말살이 넘어
김학철의 꼬장꼬장한 말살이 넘어
시시콜콜히
층층층의 말 다 휘저어
저 난바다 파도 소리에 이르도록
오랜 강물 사연으로 떠내려가노니

곡하나니
곡하나니
곡하나니

살아있는 듯 복 바쳐
빈 잔 들어
곡하나니

그곳

앙가주망 그만두고

가지 않는 곳
그곳의 그리움으로 간다
어느 곳
어느 곳 너머
숨찬 파미르 그곳

하나 하나 나 버린다

도시의 저녁들
풍경들
살풍경들 버린다

멍한 새로움으로

가지 않는 곳
그곳에 간다
두서없는 그림자로 간다

누가 가다 죽은 곳

누가 가서

기어코 돌아오지 않은 곳에 간다

가지 않은 곳

간 곳

그토록 하나인 그곳에 간다

아프카니스탄 이전

무無의 노래

무가 있어야 한다

무 없으면
다 없다

서울도 서울 삼각산도
저 아래
김포 통진 한강 하류도

바람 끄트머리 내가 말한다

무가 있어야 한다
무가 있어야 한다
미친 유有 한 복판
무 있어야 한다

* '무'는 '허虛'도 '공空'도 포함한다.

80

제 2 부

그때 그때

어쩌면
지동설이
천동설 이상으로
바보 이야기가 될지 몰라

어쩌면 천동설이
지동설을
바보 이야기로 되돌릴지 몰라

무엇 하나

거짓말 하나도 거짓말 아닌 것 하나도
그대로 둔 적 없는 것

우주 변야變也

아시아 아저씨

1919년 6월
프랑스 베르사유궁전에
청원서 '안남 민족의 요구' 제출한
웅우엔 아이 꾸옥阮愛國 이라는 가명 이래
가명 164개 번갈아 써 왔다
마지막 165개째 호찌민胡志明

호 아저씨!
호 할아버지胡伯!
라고
20세기 베트남 인민들은 부른다
그의 본명 웅유엔 신 꿍阮生恭

나도 내일 모레도 그이 높여 부른다 아시아의 아저씨라고

잘못 든 길

잘못 든 길도
헛걸음도
다 사라졌다

우주선 내비게이션으로 모자라

어쩌다
어쩌다
잘못 든 길 없이
헛걸음 한 번 없이 산다 마음 아프다

진실을 추억하며

1970년대는 순진했다

사나운 순정으로

진실이

내 금과옥조였다

진실에서 시작

진실에서 끝난다는 리영희가

내 형이었다

차츰 진실 행방불명

10우도十牛圖

견적見跡

망우忘牛

더 미혹이었다

오라 보름사리 허위 날조의 밀물로

식탁 소감

어느 날 식탁에 앉으며 아내가 말한다

다 가설이라고

속으로 내 대꾸
암 그렇고 말고

이제껏 진리라는 것
아직 오지 않은
진리라는 것

다 누구의 허상이고 가설이고 말고

함석헌옹을 기리면서

나그네 알버트로스
함석헌옹翁은
곧잘 신천옹信天翁을 노래하셨지
그래서
잘 쓰지 않고 아끼던 호號도
신천信天이셨지

몇 천 킬로 바다 위 건너간다
하마 5년 뒤에나
자라난 새끼 보러 남극해 언 곳에 돌아온다

두 다리
내디딜 데 없는 삶이다가

하나 아니라 여럿이니라

총소리 하나도 각각인 것
세계라는 것

탕!
팽!
크랙!
품!
뱅!
빵!

개 짖는 소리도 각각인 것
멍멍!
식민지 시대 왕왕!
바우바우!
하우하우!
와우와우!
옛 아이아이!

가라사대 바벨탑 이래
다양이라

다원이라

문화라 혼혈이라

진화라

제멋대로라

나도 열아홉 개의 나

싸구려

뛰는 놈 위 나는 놈
일진회 두목 송병준이
조선을 1억 원으로 흥정하자
잽싸게
이완용이 나서서
막장 떨이 3천만으로 흥정하여
다음 날 팔아먹는다

총감 이또 히로부미 앉아서
7천만 원 챙겼다

망국도 싸구려 망국

바람의 씨앗

토성 부근 사이클론 시속 1천6백 킬로
지구 사이클론 시속 5백 킬로

우리 은하 항상계恒常界도
온통 태풍 속

나라는 것 한낱 바람의 씨앗

제비

제비는 갈 곳을 안다

나는 갈 곳 모른다
온 곳도

바람에 너울대는 빨랫줄에
떠날 제비 서넛
용케
용케
흔들리는 줄에 앉는다

으스스

김남조의 한 구절
생명은 추운 몸으로 온다

아직 이런 방식으로

마음이라는 것
행복이라는 것 남아 있다

죽음은 무엇으로 오나

여강驪江 어느 날

이애주의 노래는 두 소매다

현기영의 노래
화산火山의 순정
윤정모의 노래
그 직유
그 의협 가라앉은 물 밑 남은 메아리 솟는다
홍일선의 노래
만추晩秋의 일편단심

저녁나절 삶에 익은 울음 깊어라
강형철의 노래

진정의 도량형
이경철의 노래로 뉘엿뉘엿 저물어

어이 이리도 단정한가
이은봉
어이 그리도 우아한가
공광규

이승철의 노래 단풍 이전으로 싱싱하여라

좋다 싫다 모르는
박석무 임진택의 빙그레

나도 덩달아 하나 뽑는다 새우젓 생 새우로 되살아나

약력略歷

저 4월 혁명의 시작
김주열
저 70년대의 시작과 끝
전태일 김경숙
광주항쟁의 날들
저 군부독재의 끝
박종철
이한열

그리하여
세월호

나는야 이런 죽음으로 살아왔소

추모

신록의 황홀로 산다

가신 외할머님
가신 어머님
가신 장모님

열일곱 살에
생매장된 봉태에게 죄스러워

멀리 정지상鄭知常에게
허균에게
임화에게

지난봄에 떠난 김형영에게
엊그제 떠난 김성동에게 죄스러워

어서
날 저물어 깜깜하기를

우주 놀이

티끌 하나를 쪼개고 쪼개어
미세먼지
초미세 먼지
세포
원소
원자
쿼크
이윽고 힉스

내일 모레 극소 입자 힉스도 별 수 없이 쪼개어질 것 아닌가

죽음 앞둔
스티브 호킹 대오각성
마침내 불교 연기론에 이르러
40억 년 단세포로
10만 년 인류로
온갖 진화
온갖 유전의 원인 결과로 이어진다는 것

아유 150억 년 전의 대폭발로 거슬러 가

한숨의 밤

누가 말했더라

1만 시간의 정진 없이
한 세계를 열지 못한다고

오밤중
내 허무 손과 발로 슬프다

몇 세계
몇 성좌를 놓친 나머지

승화昇華

지하실은 논리학 감옥이라네
1층은 수학
2층은 입자 물리학
3층은 분자 물리학
4층은 천체 물리학
그 위층은 화학
그 위층은 심리학
사회학
인류학
고고학
옥탑방은 경제학

날아라

허공 만리
복잡계로 가거라

거기서
한동안의 기결수로 살거라

어떤 통신

당신은 다산茶山 이전이시고 나는 무암無岩 이후라

강진 동문 밖 삼거리 술집

이태째

삭은 지붕 밑

외상 장부 적어주며 얹혀살 적에

긴 시

짧은 시 토해

귀양살이 나아간다

창가에 풍월 있고 알뜰한 제비 집 있노라고

그렇지

'한 창窓의 풍월'이나

저 백거이 부賦 속 '제비 집' 끼워

때는 8월 1일 꿈속에서 지은 시 한 편 나온다

나도 더러 꿈 속의 시 5행 6행 나와서

괜히 화답和答 보내오니

송혜희 좀 찾아주세요

'실종된 송혜희 좀 찾아주세요'

교복 여고생 얼굴 실은 이 현수막
20년 넘게 펄럭이누나
경기도 남부에서
경기도 넘어
서울 여기 저기 펄럭이다
바람 자면
바람 기다리면서

딸 잃은 어미 멍든 가슴도
이제 세상 떠나
그 어미 이어서
아비 나서서
서울 을지로
서울 종로 거리
강남 거리
'송혜희 좀 찾아주세요'

지난 1999년 2월 13일 밤 10시경

평택 도일동 하리 근처
친구 만나고
귀가 버스 내린 뒤

행방불명

둥근 얼굴 검은 피부
키 163센티미터

손

—엥겔스에게

손이여

뇌의 어제이고

뇌의 모레 글퍼인 그대

손이여

가슴의 밖이고

세상의 안인 그대

내 손이여

바쁜 철부지로

이제 너만 남았구나

다 떠나고

역설 하나

김옥균의 효수梟首를 생각한다

팔도강산 동서남북에
머리
왼 팔
오른 팔
오른 다리
왼 다리
또 몇 토막 각각 흩어져 내걸린다

이로써 섣부른 고균古筠 혁명 조선 삼천리 펼쳤노라

그리움이 이루나니

이 섬에서
저 섬 그리워하리라
천 년으로
그리워하리라

그리워
그리워 썩어
저 섬이
이 섬 되고 말리라 만년 뒤

0이여

아 0이여 0이여

0을 더해도

0을 빼도

0을 곱하고 나누어도

0은

몇만 몇십만으로 이어가도

0은

오로지 0이로소이다

결코 이루어질 수 없는 소원이어라

0이여

고백

나의 종교

석양이로다
일몰이로다

저녁이로다

나의 예술

달밤이로다

파도로다
구름이로다

한밤중 포효의 적막이고 절규의 화석이로다 백주白晝 몰래

지상에서

여보게

우리가 사는 땅 밑으로
물 계시네
불 계시네
참다 참다
참을 수 없는 불 계시네

이런 땅 위에서 잘도 울고 웃네
아이들 같이
모이 쪼는 병아리 같이

권유 하나

하류에 가거라
하류에 가서 찾아라
진리건
진리 아니건

거기에 다 있다

흘러와
흘러
생겨난 것
생겨나는 것
생겨날 것 있다

적 흑 황 녹 청 백이건 무엇이건 있다

거기 가거라
가서
돌아오지 마라

김종철

혼자 깨어나
여럿으로 깨어나
녹색 이전
녹색 이후
오롯이 정절貞節이어라

진지하였다
겉으로 단호한 논객이나
속으로 설레는 시혼詩魂이었다

어쩌다 만나면
서투른 웃는 얼굴이었다

아 쇠의 꽃

하필 김종철에게 '쇠'라니

어떤 시론

몇 마디 야담野談 있다

법화경은 시이고
화엄경은 시론詩論이다

아미타경이 시이고
뒤이어
대일경이 엉뚱한 시론이다

시 관대하여라
이것도
저것도
시로 불러들이고
시론으로 받아들인다

그러나 시는 궁극으로 미궁이리라

백척간두

그 마루턱 올라서자

즉각
사후死後의 풍광이다

잠 깬 물결도
잠든 물결도 없는
수면水面이
수중水中으로 바뀐다

마음이란 거짓

향수

향수鄕愁 없는 과거는 과거가 아니지
그건
언 유리 조각이지

향수 없이 살지 마

저 태초에의 향수로 가 보아 미래의 노예들아

헤겔에게

헤겔의 어용 장광설 그만두어라

단 한마디
'정신의 힘은 부정에 있다'

아이고 좋아

허허 그놈의 대 긍정 아직 아득하도록

해몽

젊은 날
벗들과 배를 타고
영원의 항해에 나서려 했어

단테

뒷날
프랑스 역사학 미슐레

그 배 지구라고
그 벗들 인류라고

꿈보다 해몽解夢

상극 상생

영구 주둔의 양극론이여

지거나
이기거나
살거나
돼지거나
악이거나
선이거나
선이 악이거나
악이 선이거나

허무
허무 아니거나

아 어쩌면 좋아

어느 절창

긴즈버그 형의 시

세상의 무게가 곧 사랑이라

고독의 짐 질 때
불만의 짐 질 때

그 무게
우리가 지는 그 무게가 사랑이라

잘못 읽어

사랑이 사랑 아니라

나훈아론

가수 나훈아

어떤 가수로 남고 싶은가라는
흔한 질문에

세상은 우리를 유행 가수라 한다
유행은 무엇인가
흘러가는 것 아닌가
나 또한
노래로 흘러갈 뿐이다

멋져

멋져

엔간히 한 소식

아득할 손

나 이전
새벽 잔기침 소리
내 증조할머니 이전
그 이전
그 이전
그 이전
무려 45억 년 전으로부터 온다
바람 한 자락

내 갈망의 고고학으로부터 온다

백기

유황도硫黄島의 성조기가 아니다
1950년 만추
압록강 가
느닷없는 태극기가 아니다

오 내 비원悲願

푸른 하늘 아래 백기白旗 한 폭

소원

제발 화석이여

그대
1천 미터 땅속에서 솟아나소서

그 선사先史로 금명今明을 개편하소서

빈 마음이라니

빈 산이었다
좋아

빈 절이었다
좋아

내 빈 마음이었다
아이고 좋아

빈 산 빈 절이
어디 있나
빈 마음
어디 있나

길가메시 후반

단짝 엔키두가 죽어버린다
길가메시
저 자신의 죽음을 깨닫는다
벗의 죽음
슬퍼하다
슬퍼하다가

그리하여 먼 길 떠나 버린다

헛걸음 헛걸음만이 그의 길 암 그래야 하고 말고

어느 백일몽

너 실컷 성장이거라
팽창이거라
나는야
느릿느릿
굼뜬 성숙일 테니
너는 장대키 더 솟아라
나는야 밑둥 나이테나
두어 바퀴 맴돌 테니

너 떼 쓰거라 생떼 쓰거라
나는야
삭은 처마 밑 그늘하고
놀다가 잠들 테니

너 아메리카이거라
나는야 어디일까나
어디일까나
마구 날뛰는 한반도 말고

허위허위 부탄 산촌일까나

고비사막에서

울 데 없어라
울부짖을 데 없어라 아

실컷
울어라
추운 밤 고비사막
별을 우러러

오직 별만이 잘못 아니로다

역설

디스토피아
유토피아

샴 쌍둥이

너야말로
나하고
상피 붙어라

상극相剋만이 딱하게 딱하게 상즉相卽

난바다

난바다 허허망망에는
새로
섬 몇 개 떠돈다

쓰레기 섬!

내 시의 한 기원紀元

나의 시대관

도덕경의 시대는
패덕의 시대
논어의 시대는
비논리의 시대

시의 시대는
시 화석의 시대 나의 시대

제 3 부

작은 노래 45편

°

가을이
가을인 까닭 있을까
가을에는
나도 가을

°

숫제 없는 것들 있었어
몇천 년의 초월
몇천 년의 절대

그립다

그대들 있을 때가 차라리

°

낚시꾼이
월척으로
함박웃음 날린다

누가
누구 죽여
박애博愛가 휘날린다

。

훌러덩 바람 한 자락에
안 죽고
살아난 촛불아

네 앞에서
나 행복하여라

불행과 불행 사이인가

。

광남光南같이 눈부시게
명천鳴川같이 그윽하게
어찌 그들뿐이랴

134

그들의 술잔도
그들이었어
나도 그들 옆이었어

。

눈물은 폭우가 아니다
눈물은 폭포가 아니다

처마 끝 낙수물이다

속 쓰리다

。

바다도 모르고
아무것도 모르고

바다에 가는구나

삶이여 세계의 무지無知여

○

데카르트여 칸트여
잘 가시게

내 근대와 더불어

추억 사절
전설 사절

○

개가 꼬리친다

이런
이런

나 어쩔 줄 몰라

○

지붕이여

지붕이여

내 새끼들 다 키웠구나

。

이 세상에 없는 의미

평등
그리고 자유

이 세상에 넘치는 허사虛辭

。

악惡 언제나 어디나
선善 어쩌다

또 사막 하나 열었다
낙타 없이

。

살아서
바다 낙조

죽어
달밤

나 배불러

。

아무데도

먼 곳 없다

먼 곳 없으므로
가까운 곳 없다

문명은 무간지옥無間地獄인 걸

。

대문 밖
쌓인 눈 눈 가래로 밀어낸다
미안하이
미안하이
실컷 쌓이다가 녹을 것을

。

아무래도 망치려고 왔다
인류 말이야

인류야말로
흥망을 원숭이적부터 안다
흥이 망의 망나니인 것

유有가 무無의 모가지인 것

。

이토록 눈 못 뜨는 아침 햇살이고자
그토록

그토록
캄캄한 밤이었구나

뜬 눈으로

。

산길 가다 섰네

바위 끝
조실부모 어린 자매로

동자꽃 두 송이 있네

몇 마디 말하려다 말고 가네

。

김병익 칼럼집 『인연 없는 것들의 인연』

인연 없는 인연이여

140

인연의 시여

어쩌다
나도 인연 없는 인연 속으로 가고저
가서
행방불명이고저

°

사랑하는 철환이한테 써 준다

깊지 않고
높지 않더라

넓지 않고
높지 않더라

산이여 내 어미여 바다여 내 아내여

○

포항 이대환
장흥 이대흠

나 죽은 뒤 그대들 오고 가게나

○

조국 없이 태어났다

조국의 휴전선 떠돌다가
조국 없이 죽는다

○

오늘 나 시시하다

실용
실학
실체
심지어 실력이라는 것 다 내 버린다

내 양친은 헛것이다

。

새것이 헌것이 되어가는 데가
내가 사는 곳

밀이 익고
쌀이 익는다
새로운 송장이 푹 썩는다

。

몇천 년 신앙이 먼저
회의懷疑가 그 뒤

오후야말로 후회의 시간

。

니체는 10대의 철학이다
그러다가
30대의 철학이다
그러다가
그러다가
80대의 철학이다

내 그림자에 따라붙는 영겁회귀

。

오 주관의 힘이여
전자를
막스 플랑크의 양자물리학 광자光子를
입자로 보면
입자이고 말고
파동으로 보면
파동이고 말고

아 영원한 약소국의 객관이여

。

흐름 말고
무엇이겠느뇨

다

오는 것 말고
가는 것 말고
무엇이겠느뇨

다

。

누렁이 눈
소 눈
송아지 눈
저 북녘 순록 눈

내 어떤 슬픔으로도 그 눈들에 미칠 수 없느니

°

푸른 하늘 우러러 본다

발 아래
흰 모래 내려다 본다

다 보았다

°

다 맹수여 맹수이고 말고

쥐며느리도 굼벵이도
코끼리도

배고파 봐 새끼 낳아 봐

°

집 안에서
개 하고 있으면 참 좋구나

146

서로
거짓말 하나 없이

。

빛이 물결이므로
어둠이 물결이어라

천만에
빛 이전
어둠이 물결이어라

。

프로이트
애도는 짧게

데리다
애도는 길게
그이들 막상막하

147

나는야 3년상이나 49재 잊어먹고 수시隨時의 애도

　o

나의 잔치

상화와 아직 오지 않은 시

　o

천문학은 고古문학이야

아주 아주
오래된 사死문학이야 죽은 안드로메다 문학이야

　o

산 오를 때

객관이
산 내려갈 때
주관이네

아니

어디서나
객관의 끝은 주관이네

。

썩은 꽃 냄새
꽃에는 없네

나도 아직은 그렇다네

。

한로 상강 아침 이슬아
슬퍼 마라

내일 밤하늘이 온다 새벽이 온다

행여나
행여나 안 올지도 몰라
슬퍼 마라

。

새벽 꿈 한바탕
깨어나
희멀거니 지워졌다
이러고서 하루 세끼 꼭꼭꼭 챙기누나

암
그래야지

。

물은 불안정하다
산은 안전하다

산과 물

이 두 가지 표정으로 세상 온전하다

。

오 변화여

이로써 다 이루노라

。

먹을 것으로
두 마리가 싸운다
한 마리가 진다

다음에는 이겨라

。

명사名詞들은 자아의 골짝이다

저만치
동사들은 세계의 벌판이다

나는야
두 군데를
오락가락 하다 만다

。

남태평양으로 가리
남십자성의 밤으로 가리

하늘 속
언제까지나
언제까지나
날아오른 신천옹信天翁

제 둥지에

해설

지금 여기 그리고 넓은 우주

─고은 시집 『무의 노래』의 시 세계

김우창(문학평론가, 고려대 명예교수)

1

이번 시집의 시들은 시이면서 인생론이고 철학적 발언이다. 그리하여 발언 하나하나가 그 자체로 깊이 생각해볼 만하다. 발언들은 독자가 곧 알게 되는 것이 아닐지 모르지만, 여러 차원의 사실과 전거典據에 이어져 있다. 그리하여 이 연결을 생각해 보아야 시인이 말하고자 하는 것을 바르게 파악할 수 있기에 시가 전하는 의미들을 해석하는 글을 쓰게 되었다. 이번의 시들을 자세히 보는 것은 고은 시인의 시와 입장을 이해하는 데에 도움이 될 뿐만 아니라 20세기와 21세기를 거쳐 살아온 한국인의 어려웠던 상황을 알아보는 일이 된다고 할 수 있다. 고은 시인의 시력은, 조금 거칠게 말하는 것이지만 세 가지로 나눌 수 있다. 첫 번째는 서정적인 시이고 그다음은 현실참여에 관계되는 시이다. 그리고 이번의 시집, 『무의 노래』는 앞의 두 시풍詩風에 비하여 말하건대 서정시나

참여시를 벗어나 더 넓은 주제들을 생각하는 시들의 모음이다. 이 시들의 주제는 제목에 나와 있듯이 '무無'이다. 그러나 여기의 무는 반드시 없는 것이나 부재不在를 말하는 것은 아니다. 그것은 불경佛經에서 흔히 말하듯이, 자잘한 현상의 실재들을 부정하면서 그 너머에 있는 존재를 가리킨다고 할 수 있다. 그것은 사람이 지각하고 경험하는 사실들을 넘어가는 세계를 의미한다.

그렇다고 여기의 시들이 불교에서 말하는 바 진여眞如 또는 더 일반적으로 진리의 세계를 설명하려는 것이라고 할 수는 없다. 고은 시인의 작품들은 처음부터 경험의 세계를 떠난 일이 없다. 전前이나 지금이나 그의 시들은 대체로 인간의 경험 세계에 가까이 있었고, 그것이 그의 시의 특징이다. 이번 시집의 제목이 시사하는 것은 그러한 경험적 사실들을 보다 넓은 관점, 무 또는 공空의 관점에서 재평가하는 것이라고 할 수 있다. 경험적 사실들은 보다 넓은 관점에서 파악되는 진리의 세계 또는 우주 안에서의 변화 또는 변이變移로 파악된다. 이보다 넓은 관점은 종교, 특히 불교의 관점을 말하기도 하지만, 역사, 지리, 천문학, 입자 물리학 등이 열어주는 광범위한 관점을 포괄한다. 그러면서 그것이 현재의 순간을 직시하고자 한다.

달리 말하건대, 무無의 바탕 위에서 다시 강조되는 것은 삶의 현실의 세부 사항들이다. 그리고 이것은 평상적인 삶의 현실이고, 그것을 넘어가는 것이 있다면, 그것의 중요한 부분을 이루는 일상적인 삶의 자연이다.

시집의 머리에 실린「귀향」은 다시 한번 같은 주제를 다룬다. 그러면서 그것은 주제보다 넓은 테두리를 언급한다. 귀향은 더 구체적으로 옛 고장으로 돌아간다는 것을 말한다. 그리고 귀향으로 하여 버리게 되는 것들을 말하는데, 그것은 사람 사는 세계 자체가 보다 근원적인 상태로 돌아갈 것을 호소하는 일이 된다. 시인은 사람이 자연을 개발하여 현대문명의 기초가 되게 한 여러 자료들, 철鐵, 석탄, 석유들을 자연으로 돌려보내야 한다며, 개발의 동기가 되는 탐욕과 그 탐욕의 경제 체제를 버리고 자연의 경제로 돌아가야 한다고 주장한다. 그것을 고은 시인의 확대된 지리와 신화의 관점에서 말하면 옛 페르시아의 신神의 힘으로 인간을 순치하는 것이다. 그런데 신 아후라 마즈다의 힘으로 탐욕을 극복하는 것은 매우 모호한 또는 모순의 과정으로 이야기된다. 시에서 "석탄이여 푸른 나무로 돌아가거라"고 한 다음에 아후라 마즈다에 대한 다음 시구가 나온다.

아후라 마즈다의 불 영생의 불

소매 끝 바람으로

네 오랜 불 꺼라

이 부분에서 꺼야 하는 '불'로 말하여지는 것은 '석유'의 불이고 그것이 대표하는 탐욕 경제의 불인데, 이 불을 꺼야할 신은 불을 그의 상징으로 한다. 또는 신 자신이 불의 신일 수도 있다. 사람 세계의 불을 끄는 것은 불의 신 소매 끝 바람이다. 불의 신의 한

부분을 통해서 불을 끄는 것이다. 시인이 말하고자 하는 것은 불로서 불을 끄는 것, 또는 신의 불의 한 끝으로 인간의 불을 끄는 것이다. 인간의 섣부른 불은 온전한 신의 불로 꺼질 수 있다. 더 간단히 불은 불로 끌 수 있다. 시인의 이러한 모순 어법은 이 시집에서 두루 보이는 설법의 형태이다. "불로써 불을 꺼라." 귀향한다는 것은 그러한 거대 행위의 의미를 가지고 있기도 하지만, 그것은 위에서 비친 바와 같이 일단은 소박한 삶─자연으로의 삶의 회귀를 말한다고 할 수 있다.

「소쩍새 소리 들으면서」는 그것을 부각하기 위한 시로 읽을 수 있다.

> 밤길 나서서
> 소쩍새 소리 듣는다
> 어둠하고
> 어둠 속 나하고
> 소쩍새 소리 듣는다

이러한 첫 구절에 이어 '소쩍새 소리 듣는다'가 아무 다른 수식어 없이, 네 번, 또는 수식어가 붙은 것을 포함하면 다섯 번 되풀이 된다. 시인이 거기에 집중한다는 사실을 전하려는 뜻일 것이다. 그러나 다시 위의 인용문을 뜯어보면, 소쩍새 소리의 환경으로 '어둠'이 강조된 것을 본다. 그 소리에 집중하는 것은 어둠이라는 환경, 그 환경의 세부 사항들을 말소했다고 할 수도 있고, 암흑

이 배경이 되어 새소리가 강조된다고 할 수도 있는 경청(傾聽)의 조건을 강조하는 것이라고 할 수 있다. 새소리를 경청하는 데에는 일정한 예비 조건이 있어야 한다. 그것은 자질구레한 세상사를 무시하는 일이기도 하고 또 무시하는 환경에 대응하는 일이기도 하다. 그리하여 그것은 마음의 개인적인 흐름을 중지하고, 세계 전체, 그 전체의 총체적인 시간의 역사에 마음을, 전율을 느끼면서 마음을 여는 것이다. 그리하여 소쩍새의 소리를 통하여

그리움도 돈도 없는 곳
그곳이 온다
거슬러
몇백 년 후로
몇백 년 전으로 온다

소쩍새 소리를 듣는 것은 이러한 세계의 또는 우주의 흐름에 참여하는 일이다. 그러니까 소쩍새 소리를 바르게 듣는 것은 무無에 대한 그리고 유有−세계의 모든 유, 존재 일체에 대한 명상을 배경으로 한다. 그러면서도 당연한 것은 이러한 집중과 통찰이 일상적인 삶을 떠나지 않는다는 사실이다.

「그냥에 대하여」는 그러한 명상이 '그냥' 있는 일상 속에 일어나는 것임을 설득하려는 시이다. '그냥'은 흔히 '풀잎의 시인', 시골의 삶에서 만나게 되는 미세한 자연현상을 놓치지 않고 시에 담으려 했다는 박성룡 시인이 자기의 시의 동기를 설명하는 글에 나오는

말을 따온 것이다. 일상의 삶에서 우연히 일어난 생각이 시적인 자연 관찰의 근원이라는 말이다. 고은 시인은 이 설명을 그대로 받아들이겠다고 말한다. 그러나 그와 함께 그는 이것을 받아들이는 것이 '두려운 일'이었다 하고, 그 말을 "열두 번도 더/ 내 혀 위에 올렸다가/ 내뱉었다"고 한다. 「그냥에 대하여」는 시집의 첫 부분에 펼쳐진 고은 시인의 시론을 일단락한다고 볼 수 있다. 물론 여기의 시론의 내용은 이어져 나오는 여러 시들에 의하여 확대되고 세밀화된다. 더 보태어 달리 말하면 '그냥'은 주어진 현실을 따르는 것을 말한다. 거기에 따라 나오는 유추類推 하나는 사실도 여러 의미를 가질 수 있다는 것이다.

「속續 그냥에 대하여」가 말하고 있는 것은 현실의 다기성多岐性이다. 이 시의 머리에서 시인은 말한다. 단어 하나는 '둘 이상의 다른 뜻' 더 나아가 '아홉 개'의 뜻을 가질 수 있다고. 그것을 잇는 중요한 발언은 '사랑/ 미움인지'도 모른다는 것이다. 이 시에서 고은 시인이 제기하는 또 하나의 질문은 '그냥'이 그대로 순수한 현실 긍정, 현재 사실의 긍정이 아닐 수 있다는 점이다. "그냥도 그냥 아닌지 몰라" 그의 관점에서 아무것도 그냥 그대로 인 것은 없다. 봄날도 올 듯 말 듯 하다가 오는 것이 계절의 현실이고, 사람이 현재의 현실을 그대로 받아들이다가 그냥 죽어야 하는 경우도 있지 않은가.

　　　살구꽃
　　　벚꽃 피워낸 뒤

뿌리의 힘

줄기의 힘으로

가지로 우듬지로 힘 다 쓴 뒤

끙끙 앓다가

다 죽은 어르신도 계시더군

그러한 경우는 '아닌 그냥'이면서 '그냥'인 경우이다.

「묵조선默照禪 반나절」은 위에 언급한 시보다도 더 직접적으로 그냥의 상태 또는 초연한 현실의 수납, 또는 현실에 초연하면서 현실을 따르는 것이 극히 어렵다는 것을 말한다. 고은 시인이 되풀이하여 말하는 '그냥'은 일상의 언어이면서 동시에 불교 선禪의 가르침에 가깝다. 이 시의 묵조선은 공안公案을 비롯한 언어를 통하여 득도得道를 도모하는 간화선看話禪과도 대조되는 암묵暗默의 깨달음을 가리킨다. '묵조선 반나절'은 이 깨달음의 역정歷程을 적은 것이다.

고은 시인의 묵조선의 설법은 스님으로부터 '너는 말뚝 신심이 탈이로구나'하는 꾸중을 들었다는 것으로부터 시작한다. '공안/일귀하처一歸何處의 조급을 탓한 것이다. 이것을 설명하며 "머리 정수리까지/ 화두 꽃 피어올라/ 수기水氣 앞서/ 화기火氣 솟아// 내 단전丹田 부실로 죽을 뻔"했다고 한다. 그 원인은 신체를 부실하게 한, 즉 '단전'을 제대로 유지하지 못한 데 있다. 그런데 그것을 알게 한 것은 당唐대의 도승인 조주趙州의 가르침이었다. 조주는 무를 중요시했지만, 그와 동시에 유有도 중시했고, 둘 사이를 내왕

했다. 핵심은 현실의 모호함, 삶의 모호함을 떠나지 않는 것이다. 이 흐릿한 근본을 깨닫게 된 것을 말하면서 고은 시인은 이 시를 마감한다.

경책警策 받은 뒤로
두 번째 화두 조주趙州 무無에 잠겼다
졸다 다그치다 하며
몇 하夏 보낸 나머지
이제 무자無字 어디에 두었는지몰라

그냥 먼 조상 산소 언저리 같은 묵조默照일 따름

고은 시인의 시적 탐색은 위의 마지막 행에도 나와 있듯이 선조, 그리고 앞서간 선구자들 그리고 세계 문명사 그리고 세계 지리의 여러 사실에 대한 언급을 포함한다. 시집이 보여주는 사유의 방향은 여기까지 해서 일단 마감된다고 할 수도 있지만, 그것은 다음에 이어지는 시들에서 여러 가지로 변주變奏된다.

2

「율동소律動疎」의 중심에 있는 비유는 제주도 사리봉 옆의 밀물 썰물의 파도이다. 이것은삶의 기복에 대한 비유가 되기도 하지만,

궁극적으로는 삶과 죽음의 파동을 가리킨다. 그리고 그 파도는 시인의 '목 울어/목 울어/이어받은 율동'으로 나타나는 시의 영감이기도 하다. 시인은 생사를 포함하여 운명을 그대로 따르겠다고 하고 그것을 表現한 것이 그의 시라 할 수 있다.

「멸망의 노래」는 인간 문명의 여러 사례의 영고성쇠榮枯盛衰를 되돌아본다. 멸망한 나라 또는 문명은 사라진 동서남북의 '천축국'—신라 승려 혜초慧超의 여행기 『왕오천축국전往五天竺國傳』에 나오는 '천축'을 연상하게 하는 말로 인도 그리고 중동지방의 여러 유적, 스톤헨지, 인도의 아쇼카 황제 시대에 세워진 크고 많은 석주石柱, 마하라슈트라 주의 불교 승려들이 은둔하던 동굴들, 희랍 수니온의 포세이돈 사원의 폐허, 캄보디아의 앙코르와트, 중국의 선진先秦으로부터 원元에 이르는 여러 왕조시대의 석굴 등 문명의 폐허들이 언급된다. 그리고 이러한 유적들의 거대 축조물에 관련된 인간들을 '소경', '벙어리'라고 부르며 시인은 이러한 흥망의 유적들을 구경한 다음에 고향으로 '귀향'하라고 말한다. 그리고 '가난'으로 돌아오라고 한다. 다만 그 귀향은 멸망한 유적들을 포용하고 미래의 운명, 어쩌면 멸망을 예상하게 하는 새로운 아침으로 나아가는 것이어야 한다고 한다.

가난으로

가난으로 꺼진 곳

패망의 사비성터 무심의 세월 이룰지어니

그곳 죽었다 살아나거라

한 오리 저녁연기 다음 날 아침 앞 못 보는 햇빛으로 돌
아오리라

　저녁이 되면 저녁연기가 나지만, 연기 없는 아침 햇살은 다시
비출 것이다. 여기서 주목할 것은, 그 연기가 다시 돌아온다는 사
실이다. 이곳의 흥망은 신구 문명의 교체이면서 동시에 그것의 계
승인 것이다. 고은 시인의 역사관은 오스발트 슈펭글러Oswald
Spengler의 문명 흥망 사관과 비슷한 점이 있다.

　「오락가락」은 현실의 애매성을 한반도의 분단 현실에 적용한
다. 자연 현상에 비추어, 물론 그것은 암시되어 있을 뿐이지만, 분
단이 자연스러운 것이 아니란 것을 말한다. 분단의 부자연스러움
은 단순히 바다를 오락가락하는 데에서도 실감한다. 그리고 그것
은 다른 자연현상, 높이 떠오르는 달빛의 관점에서 바다가 하나임
을, 이것은 달빛을 향하여 떠오르는 오징어의 움직임으로 또는 압
록강 앞바다에서 잡히는 조기들, '허수아비' 같은 조기로도 깨닫는
다. 그것은 타인의 마음을 스스로의 마음처럼 알게 되는 불교적
수신修身의 마음이 동반함으로써 가능해진다

　「숨은 꽃」은 인간의 내면에 대한 깊은 관심과 종교적인 영감이
가득한 고은 선생에게는 놀라운, 그러면서도 깊은 의미를 갖는 제
안을 한다. 즉 내면이 인간의 본질을 구성하는 것은 사실이지만
사회의 관점에서 중요한 것은 그 외면이라는 테제(명제)다. 모든
사람들의 내면을 들추어내기 시작하면, '세상의 자원資源'이 사라

진다. 인간의 내면적 진실은 감추어두는 것이 그것을 보존하는 참다운 방법이다. "가지 마라 두메 너머 두메 거기 꽃 하나"—인간의 내면의 진실은 산 너머에 감추어 있도록 하는 것이 개인으로나 사회로나 좋은 일인 것이다. 그것은 숨어 있는 꽃이라야 한다.

「며칠의 타력他力」에서는 며칠만이라도 다른 존재의 힘을 빌려, 누군가를 '무슨 님으로/ 뜬구름을 구름님으로 믿고 싶'다고 말한다. 그것이 '알라라도 괴뢰라도' 관계치 않는다고 한다. 또는 '종으로 섬기고 싶'다고도 한다. 중요한 것은 섬김이다. 그러나 그 섬김은 정치적 종교적인 것을 초월한 섬김, 즉 인간 본연의 순수한 하심이나 이타의 다른 이름일 것이며 시인은 '한 사흘만'이라도 그곳에 이르고 싶다고 간절히 염원하고 있다.

    딱하디 딱한 나

    꿀꺽 생生으로 삼켜버리고

    누구를

    무슨 님으로

    뜬구름을 구름님으로 믿고 싶어라

    한 사흘만이라도 받들고 싶어라

「어느 옥색—어린 예솔이가 터득한 고려의 색色을 위하여」는 옥색 그리고 담담한 중간의 입장을 기리겠다는 것이 시의 취지이다. 시작은 다음과 같다.

먼 하늘로 오련다

내 고조 할아버지의 고조 할아버지의 곳

남녘 물가에 오련다

북으로

북으로

지난 해 꽃 소식 따라가련다

여기의 구절은 남북 대결을 배경으로 시사하는 것으로 보인다. 그러면서 암시된 것은 남북의 갈림을 무시할 것을 충동하는 것이 꽃 피는 자연이라는 것이다. 이어서 밀물 썰물 바닷물 교차하는 소리로 '귀먹은 적막'이 깨어난다고 한다. 그리고 이야기되는 것이 '저승 같은/ 이승 같은 옥색 자태 너울'이다. 그것은 고조선, 마한 56국 이래, '한恨을 흥'을 이어 온 것이다. 그것이 '터키석(turquoise)' 아우라 마즈다의 표현으로, '내 마음 속/ 고려 비색秘色으로', '샛별' 처럼 나오고, 내 삶의 지침이 된다.

억만금 없이 땡전 한 푼 없이

1만 년의 남양南陽옥색 단청의 마음 열어

신 내려

신 내려

나의 금생 새로 오련다

「어느 후렴」은 다시 모든 것이 우연임을 말한다. 시인이 파푸아

뉴기니에 있거나 시베리아의 레나 강가에 있거나, 그 이유, 그것이 우연인가 필연인가 하는 것은 가려낼 도리는 없다. 사람의 운명은 바람에 불려서 공중으로 날아 땅에 내리고 거기에서 자라나게 되는 '민들레 씨앗'과 같은 것이다. 고향은 어떤 것인가? "고향 그것마저 천 리 타향 나그네인 줄/ 누가 아는가" 우연 예찬에 이어서, 그러한 조건 가운데에서도 드러나게 되는 것이 개체의 개체성인데 「차이는 어여쁘다」는 그 차이와 유사점을 확인하는 범위가 더할 나위 없이 넓다. 사막에는 낙타가 있는데, 고비사막의 낙타와 사하라 사막의 낙타는 차이가 있다. 뒷산에 가면, 고니와 까마귀가 다름을 볼 수 있다. 시야를 우주와 우주의 역사로 확대해 10만 년 전의 은하와 180억 년 전의 안드로메다를 비교하면 그 차이를 알 수 있다. '모악산 김일성 조상 묘역 지나'면서는 산에 사는 신선과 산에서 내려오지 않은 신선 사이에 차이가 있다는 것을 안다. 그리고 시의 끝에 가서는 놀라운, 오늘의 정치 분위기 속에서는 놀랍다고 할 정치적 발언을 한다. 차이를 살피고 나면, '평균 평등이 싫어'진다는 것이다. 그리고 그 근거를 자연의 모습이라고 그리고 그 자연의 모습이 인간의 개인적 차이에도 있는 것이라고 말한다.

차이야 말로 완성이고 말고
바다 넓다
산 높다
그대 누군지 나 누군지 모른다

「때죽꽃」은 자아를 버리는데 따르면서 보다 분명해지는 자연의 세계, 자연스러운 인간의 세계를 말한다. 시인은 처음에 아파트 단지가 있는 언덕길을 내려온다. 거기에서 그가 '허한' 가슴으로 보는 것은 '배척과/ 교만과/ 허위가/한 덩어리로' 굳어있는 것이다. 또는 그렇게 굳은 눈으로 그쪽이 나를 보고 있다. 그런 가운데 내가 보게 되고 또 그쪽에서 보게 되는 것이 때죽꽃나무인데, 때죽꽃나무는 순진한 마음을 가진 조실祖室 스님과 같다.

「태평양」은 태평양 상공을 지나면서 느낀 추락 가능성으로 하여 깨닫는 죽음 그리고 죽음의 충동을 이야기한다. 그러나 다시 달밤에 태어나 '눈물 한 방울도 필요 없이/ 새벽 오뇌 기다릴 것'이라고 한다. 비행기에서의 추락사의 가능성이 오뇌의 삶일망정 삶을 긍정하게 하는 것이다. 시가 딸을 상대로 하는 것이라는 점도 이것을 강조한다. 고은 시인이 현실에서나 시에서나 딸을 끔찍하게 생각하는 시의 첫머리에 나오는 '딸하'하는 말에 옛 존대어인 '하'를 쓰고 있는 것에서도 느낄 수 있다.

「훌쩍 떠나」는 한국의 테두리를 벗어난 시각, '인간 세상 떠나버린 시선'을 말하고, '외계의 역사 인식'을 설정하겠다고 말한다. 진단학회의 민족 사관, 아我와 비아非我의 투쟁을 역사의 동력으로 보는 신채호의 민족주의 사관, 다른 실증주의 사관을 떠나서 또 사마천의 중화주의, 아메리카 중심의 사관을 떠나서, '지상의 수작 떠난/ 우주 암흑 물질/ 입자의 언어/ 파동의 언어', '골백번 죽은 초신성超新星으로 서술'하겠다고 한다.

「어느 전망대에서」는 여러 시에 표현된 바 넓은 전망을 일괄하여 거론한다. 지구라는 행성에 한정할 것이 아니라 태양계 또는 우주적인 관점을 가져야 한다는 것이다. 그것을 어렵게 하는 것은 시야의 협소함과 심리적 협량, 사회적으로 종용되는 협량이다. 그 것은 결국 '탐욕의 야만'으로 인한 것이다. 아이러니는 그것이 좁 은 관점을 확대하기도 한다는 것이다. 시인은 이것을 '확대의 무 지'라 부른다. 호모 사피엔스 사피엔스로서의 인간의 오만한 자존 심, 미국을 따르려는 그리고 중국을 따르려는 정치 계획들이 생각 과 관점의 협소화를 가져온다. 우주적인 관점에서, 토성이나 해왕 성을 거점으로, 그리고 '우주의 암흑'으로 울며 다음 세계의 우연 한 출현을 기다리는 것이 옳은 일일 것이다.

그러나 넓은 것을 추구하는 것만이 좋은 것은 아니다.

「격포에서 줄포에서」는 큰 관점과 작은 관점의 교차를 말한다. 그리고 작은 데 머무는 것도 일리가 있다고 한다. 넓은 것에 비슷 하게 빠른 속도는 독일에서 경험했던 시속 200킬로로 달릴 수도 있는 고속도로이다. 시인은 친구들과 함께 전라북도의 명승지 변 산邊山을 향해 간다. 그곳에서 줄포는 특히 유명한 곳이다. 그러나 그에 비하여 조금 덜 알려진 격포나 보다 넓은 지역인 곰소가 그 것을 섭섭하게 여겨 운다고 시인은 말한다. 그리하여 시인은 줄포 에 가지 않는다. 그것은 그 뒤에 남겨지는 고장의 우는 소리를 듣 기 때문이기도 하고, 보다 유명한 곳, 가야 할 곳을 뒤에 남겨 두 고 싶기 때문이기도 하다. 시인은 가야할 곳이 있음에도 자신의 꿈을 묻고 현재에 충실하고자 한다. 그 현재란 캄캄한 밤일지 모른다. 그러나 시인은 '죽고 싶은 곳'이 있고 '살고 싶은 곳'이 있지만, 그곳을 뒤로 하고 '캄캄한 밤길 건넌다'.

「피아니시모」는 또 다른 차원에서 인생이 포르테로만, 크고 빠르고 강한 것으로만 이루어질 수 없다는 걸 말한다. 인생은 음악 비슷하게 약음弱音도 수용할 수 있어야 한다. 그것은 '아내가/ 아침 창에 기대어/ 무심코 피아니시모 없이 아무것도 아니라 한다'는 말로 시작한다. 그리고 시의 마지막 두 연聯은 다시 아내와의 밥상을 기리는 것으로 끝난다. 시인은 이것을 '빈 밀지密旨'라고 말한다.

> 아침 식탁에 첫 가을 햇살 온다
> 아내 마음 윤슬하고
> 내 물비늘하고 멀리 떠내려간다
>
> 슬픈 기쁨
> 기쁜 슬픔으로

일상생활에서의 행복한 가족 조찬朝餐은 웬만한 슬픔과 기쁨을 넘어간다. 그 행복은, 시의 앞부분으로 돌아가 보면, '의식'과 '기교'의 차이를 초월한다. 식탁에서의 교환은 큰 의도를 가진 것일 수도 있고, 단순한 예절이나 절차의 표현일 수도 있는데, 어느 쪽이든 그것은 행복의 구성 요소가 된다. 이것은 판소리의 서편제, 동편제, 음악의 음조 장단, 희비喜悲의 차이, 논설에서의 본론과

각설却說, 차설且說의 차이를 흐리게 한다. 그러한 혼용과 조화의 원형이 아내와의 아침 식탁이다.

「무주구천동 앞서」에서는 스스로 지니게 된 평정과 평화의 마음을 다른 동지들과 나누는 방식을 말한다. 사람과 사람 사이의 교감은 산봉우리와 산봉우리, 남과 북의 덕유산德裕山을 보는 것과 같다. 산에 오른다는 것은 비유적으로 말하여 자비와 무자비, 사랑과 미움의 절정에 이른다는 것을 의미할 수 있지만, 가슴에 땀을 흘려 높은 곳에 이르는 것이다. 그리고 그러한 정점에는 여럿이 같이 오르는 것이라고 생각하기 쉽지만 그것은 일단 혼자 오르는 것이고 다시 벗과 함께 하는 것이다.

「내 찬 손 녹여」는 조금 다른 각도에서 따듯한 감정에 기초한 인간관계, 가족 사이에 있는 것과 같은 정스러움을 긍정적으로 이야기한다. 시인은 이러한 느낌을 '식을 무렵 재속에 남는 불씨로/ 따뜻해지고 싶'다고 표현한다. 그 따뜻함에 대한 욕구는

꽃샘바람 뒤
진한 뚝새풀 옆
가난한 집 이쁜이 노랑 잔 꽃으로
따뜻해지고 싶어

라는 비유의 언어로 말하고 있다. 그리고 그것은 할머니 방안에 비유되기도 한다. 그리고 다시 그것은 정치적인 함의의 비유를 써서,

칼의 넋이나 번개의 넋이나
그런 것 까먹은
일자무식의 정든 이웃집
나지막한 울타리이고 싶어

  그리고 다시 자연의 모습에 비교하여 말한다.

곧추 선 벼랑 말고
야트막한 언덕배기 찬바람 재워
아이들 언 손
9대조 10대조로 녹여 섬기고 싶어

내 더운 피 남아

「김성동을 곡함」은 지난 9월 25일에 작고한 작가 김성동金聖東을
위한 조시弔詩이다. 김성동을 곡하면서 칭찬하는 것은 그가 홍명
희나 김학철에 비교할 만하다는 것, 그리고 그의 자유로운 언어사
용이다. 고어古語, 향어鄕語, 근대어, 선천적인 언어 등은 시인 자
신의 언어를 가리키는 것으로 보이지만, 작고한 작가가 이러한 언
어들을 '휘저어' 활용한 것을 그의 업적이라고 본다.
「무無의 노래」는 1부의 끝에 놓여 있는 시인데, 1부의 시들에 대
한 결말이며 말하자면 형이상학적인 결론을 내리는 시이다. 여기
의 무는 '허虛' 그리고 '공空'이기도 한데, 그것이 없으면, '나'도 없

고 서울도 삼각산도 없다. "미친 유有 한 복판/무無 있어야 한다"―
시는 이러한 선언으로 끝난다.

3

2부의 시가 말하는 내용도 1부와 크게 다르지 않지만 시인의 세
계관을 조금 더 추상적으로 말하고 있다.

「그때 그때」는 변함없는 이론이나 큰 이론은 없다고 말한다. 천
동설도 지동설도 어느 것이 확실하다고 할 수는 없다고 시인은 말
한다. 더 일반화하면, '거짓말 하나도 거짓말 아닌 것 하나도/ 그
대로 둔 적 없는 것'이다. 확실한 것은 '우주 변야變也'이다.

「하나 아니라 여럿이니라」는 사실이나 진실의 단일함을 부정하
는 시이다. 듣고 표현하는 소리는 하나가 아니라 여럿이다. 총소
리도 여럿이고 개 짖는 소리도 언어마다 다르다고 한다. 바벨탑
이래 언어마다 다른 것이 역사이다. 다양과 다원이 모든 것을 규
정한다. 문화의 혼혈, 진화의 방향도 일정하지 않다. '나도 열아홉
개의 나'이다. 시인은 자신에 대해서도 이렇게 말한다.

「바람의 씨앗」에서 시인은 모든 것이 우연이며 그것은 나 자신
에도 적용된다고 말한다. '나라는 것 한낱 바람의 씨앗'일 뿐인 것
이다. 우주의 운행도 그렇다. 토성이나 지구의 순환 속도는 극히
자의적이다. 은하의 항성계恒星系는 또 그 나름의 '태풍 속에 있다.

한편 여러 시들에는 정치에 대한 긍정적 평가가 들어 있다.

「약력略歷」은 단순히 혁명적 정치 변화의 단초에 희생된 젊은 지사들, 4월 혁명의 시작점 김주열, 70년대 민주화 운동의 단초 전태일, 김경숙, 광주항쟁의 희생자들, 군부독재에 저항한 박종철, 이한열을 나열한다. 그리고 세월호를 말한다. 그리고 '나는야 이런 죽음으로 살아왔소'라고 자신의 삶을 지탱해준 것이 이러한 열사들이었다고 말한다. 그러나 시인은 당대의 상황으로부터 거리를 유지한다. 그것은 우주적 시각을 통하여 가능하다.

「우주 놀이」는 인간의 삶을 입자 물리학의 소립자들과 천체 물리학, 스티브 호킹의 이름도 들어가며, 거대 우주와 우주의 역사, '150억 년 전의 대폭발' 사이에 위치하게 한다. 이 거대한 우주의 역사 속에 놓인 인간 존재는 어떤 의미를 갖는 것일까? 이것이 아마 고은 시인이 묻는 물음일 것이다.

「역설 하나」는 김옥균의 체제 개혁의 노력과 죽음을 이야기한 것인데, 그가 효수되고 그의 절단된 시신이 나라 전반에 뿌려진 것을 지적한다. 이 시에 따르면, 그 사건의 교훈은 철저하지 못한 혁명 개획이 허망하게 끝난다는 것이다. '…선부른 고균古筠 혁명 조선 삼천리 펼쳤노라' 이 마지막 행은 고균의 헛된 정치 혁명 시도에 대한 평가를 반어적으로 표현한 것으로 보인다.

이번 시집의 여러 시에서 이야기되는 것은 정치적 노력이 헛되게 끝나는 사례들인데, 「0이여」는 여기에 따르는 교훈을 말하자면 수학적으로 표기한 것이다. 0은 '더해도', '빼도' '곱하고 나누어도' 아무런 변화를 가져 오지 않는다. 사람이 갖는 많은 희망이 헛되게 끝난다는 것을 이러한 0으로 표현할 수 있다. 이 허무감은 시대적 경험의 결과이기도 하겠지만 개인적 경험에서 나오는 관찰이기도 할 것이다.

「어떤 시론」은 시인 자신의 시와 시적 사고에 대한 반성이다. 그러나 적극적으로 그에 대한 이론이나 실재를 말하는 것이 아니라 불교 경전의 종류에 대한 비유로 시인의 의도를 전달하고자 한다. 법화경法華經이 시라면, 화엄경華嚴經은 시론, 아미타경이 시이면, 대일경大日經은 '엉뚱한 시론'이라고 한다. 그리고 덧붙여, 시는 관대하여 이것저것을 시로 그리고 시론으로 불러들인다고 한다. 그러나 끝에 가서 '시는 궁극으로 미궁'이라고 말한다.

「백척간두」는 앞의 시론을 존재론 그리고 인간 심성론으로 확대하면서, 인간 심리는 사물 세계 위에 잠간 떠있는 허상虛像이라고 말한다. 이 사실을 시를 들어 흥미로운 비유로 말한다. '그 마루턱 올라서자/ 즉각/ 사후死後의 풍광'이 보인다고 한다. 보이는 것은 수면이고 수면이 아래로 가라앉는 현상이다. 삶이 죽음으로 가라앉는 것이다.

　　잠 깬 물결도

　　잠든 물결도 없는

　　수면水面이

　　수중水中으로 바뀐다

이러한 광경을 보면, 인간의 의식은 헛된 것에 불과하다. '마음이란 거짓'인 것이다.

「헤겔에게」는 간단히 시인 자신의 입장에서 헤겔의 역사 철학에 대한 견해를 피력하는 시이다. 그것은 아도르노의 철학의 입장과 유사하다. 그리고 그것은 시인 자신의 근본적 입장을 단순화하여 말하고 있다. 시인은 간단하게 말한다. '헤겔의 어용의 장광설'을 그만두어야 하나 "정신의 힘은 부정에 있다"는 것을 인정해야 한다고. 그리고 '그놈의 대 긍정 아직 아득하도록' 해야 한다고. 이러한 부정의 철학에 대하여 자신이 가졌던 다른 철학과 입장을 시인은 '해몽'에서 밝힌다. 젊은 날 그는 '벗들과 배를 타고/ 영원의 항해에 나서려' 했다. 그리고 그 배를 지구라 하고 그 벗들을 인류라고 했다. 그러한 것들을 지시해준 것은 단테이고 미슐레였다. 그가 그의 길이 보편적인 역사의 흐름에 맞는 것이라고 생각한 것은 그것을 바르게 해석한 때문이 아니라, 인간의 꿈에 대한 그릇된 해몽으로 인한 것이다. 아마 고은 시인의 생각으로는 역사가 일정한 흐름을 가진 것으로 해석하는 역사관도 반드시 옳은 것은 아니다. 그에 더하여 그 흐름을 일관된 이론으로 해석하는 것은 이중의 오류를 범하는 것이다.

「상극 상생」은 부정의 부정-부정의 연속을 선언하는 시이다. '지거나/ 이기거나/ 살거나/ 뒈지거나/ 악이거나/ 선이거나/ 선이 악이거나/ 악이 선이거나// 허무/ 허무 아니거나'—어느 것도 취할 수가 없다 시는 이 불가능 속에서 외치는 '아 어쩌면 좋아'로 끝난다. 그러면서도 어떤 입장에 대한 긍정은 완전히 버리지 않는다.

「나훈아론」에서 고은 시인은 무게 있는 시인이 아니라 유행가 가수에도 긍정의 마음을 보낸다. 유행가 가수란 흘러가는 가수라는 말인데, 고은 시인은 "나 또한/ 노래로 흘러갈 뿐이"라고 말하고 그것이 예술의 한 속성이라고 말한다. 그러면서 나훈아가 '엔간히 한 소식'을 얻은 가수라고 말한다.

「소원」은 역사를 참으로 긴 관점에서 보아야 한다는 생각에서, 화석을 불러내는 시이다. 시인은 화석에 호소한다. '그대/ 1천 미터 땅속에서 솟아나소서// 그 선사先史로 금명今明을 개편하소서.' 그러면서 사람의 마음도 새로운 것이 되어야 한다고 또는 비어야 한다고, 또는 빈 것도 넘어가는 것이 되어야 한다고 말한다. 그것이 「빈 마음이라니」의 가르침이다. 시간을 길게 되돌아보면, 산도 '빈 산'이었고 거기에 위치한 절도 '빈 절'이었다. 이와 비슷하게 내 마음도 빈 것이었다. '아이고 좋아' 하는 감탄이 나오는 것은 받아들일 만하다. 그러나 고은 시인은 마음의 기율에 따라 다시 한번 이를 뒤집어 말한다.

　　빈 산 빈 절이
　　어디 있나
　　빈 마음
　　어디 있나

비어 있다는 것도 다시 한 번 비고 아무데도 없다는 것이 존재의 진실인 것이다. 부재라는 것은 존재를 전제한다. 진정한 무의 상태에는 부재도 없다.

「길가메시 후반」은 무를 보다 쉽게 일반화하여 죽음만이 삶의 종말이라는 것을 깨달아야 한다는 뜻을 전한다. 절대적인 존재론의 눈으로는 삶도 없고 죽음도 없는 것이 존재의 실상이라고 하겠지만. 이 시는 메소포타미아의 서사시 '길가메시'에 나오는 이야기를 따온 것이다. 강력한 군주 길가메시는 그의 벗 엔키두의 죽음을 통해서 그의 강력한 권력이 마주쳐야 하는 죽음의 불가피성을 깨닫고 엔키두가 죽음을 맞이한 자리를 떠난다는 이야기를 빌려온 것이다. 그런데 떠난다고 할 때, 그것은 '헛걸음'으로 떠나는 것이라고 한다. 떠나도 떠나는 것이 아닌, 일체 부정의 상태란 말로 들린다. 인생 교훈으로는 인생의 길이란, 그것이 어떤 것이든, '헛걸음'과 같다는 것을 확인하는 것이다. 길가메시는 '헛걸음 헛걸음만이 그의 길'이라는 걸 알게 되지만 그것은 물론 모든 사람에게 적용되는 진실이다.

「역설」은 고은 시인의 사고에 되풀이해서 나타나는 견해를 간단히 압축하는 시이다. 즉 세계의 모든 것은 서로 상극, 상충하는 관계를 가지면서도 상측相則하여 서로 따른다는 것이다. 인간 사이에도 그러한 모순이 있지만 사회 그리고 세계에도 그러한 것이 있다. 디스토피아와 유토피아는 서로 대칭관계에 있으면서도 서로 이어져 있다. 그리하여 주의할 것은 유토피아를 건설하려는 인간의 노력이 종종 디스토피아가 되고 만다는 것이다. 이상주의적 이념은 많은 경우 권력과 욕망을 도장塗裝하는 명분에 불과한 경우도 많다. 그러나 문제가 있다고 하여도 사회 문제를 접근하는데 이상주의적 이념을 배제할 수는 없다. 고은 시인은 모순에도 불구하고 이성적 이념을 받아들여야 한다고 생각하는 듯하다. 모순을 받아들이되 그것을 그대로 오래 수호하지 않아야 된다는 것이 그의 '역설'이고 '백일몽'이 아닌가 한다.

이번의 시집에 그러한 역설을 숨기고 있는 시는 여럿인데 「난바다」는 또 하나의 역설 변호를 담은 시이다. 시인은 이 시에서 자신을 난바다外非에 비교한다. 그는 흩어져 있는 섬을 마음에 떠올리면서 그 중에 '쓰레기 섬'이 있다고 하고 거기에 자신의 시의 '한 기원'이 있다고 말한다.

모순의 시대에 대한 느낌은 「나의 시대관」에서 명백하게 드러난다. '도덕경의 시대는/ 패덕의 시대/ 논어의 시대는/ 비논리의 시대'—전통시대의 한국의 또는 아시아의 고전을 들면서 그는 전근대를 비판적으로 본다. 비판의 근거는 단순히 이야기된 고전들의 제목만으로도 추측할 수 있다. 고전이 된 도덕경에 거론된 바 도덕은 궁극적으로 패덕을 낳고, 논어는 논리를 흐트러지게 한다. 이 시에서 시인은 한 가지 더, '시의 시대는/ 시 화석의 시대 나의 시대'라고 말한다. 즉 시가 살아있지 않고 사라져버린 시대가 고은 시인이 시를 쓰고 있는 시대라는 판단이다. 그러나 그의 시는 아마 화석을 깨뜨리려는 시의 범례라고 할 수 있을지 모른다.

4

위에서 우리는 고은 시들이 인간 조건—사회, 이념, 개인적 사고를 재정립하려는 시도를 보았다. 시인의 탐구는 상투적인 생각과 이념들을 깨고 새로운 생각을 시험하게 한다. 여기에는 그 자신의 넘치는 생각들도 관계되고 세계의 정세에 대한 지식, 인간 상황에 대한 여러 지식, 내재적 외래적 지식—역사와 우주론이 중요한 역할을 한다. 그런데 이 모든 지적 탐구에서 중심에 있는 것은 거기에 숨어 있는 모순이다. 그 내용을 바르게 이해한다는 것은 쉽지 않은 일이다. 강조하는 것은 넓은 시각이다. 그러면서도 더 강조되는 것은 다른 한편으로 주어진 상황 그리고 현시점의 문제에 대한 주의와 집중이다. 숨어 있는 상극과 상측을 들추어내는 그의 언어는 쉽게 이해하기 어려울 수도 있고, 이에 더하여 쉽게 표현될 수 없는 내용을 가졌다고 할 수 있다. 그럼에도 불구하고 그의 언어들은 대부분의 경우 간단한 언어, 인생훈으로 또는 잠언箴言으로 요약될 수 있는 것이기도 하다.

3부의 '작은 노래'의 시들은 보다 긴 시에서 말한 것들을 간단한 언어로 요약하고 있다. 그러니만큼 그것에 구태여 길게 주석할 필요는 없다. 알기 어려운 것이 요약되어 표현되어 있는 것이다. 그 내용은 앞의 시들에서처럼 이야기한 것을 다시 줄여서 말하는 것이다.

가을이
가을인 까닭 있을까
가을에는
나도 가을

첫머리에 나오는 이 작은 시는 고은 시인의 확신―주어진 상황을 실존의 확신으로 받아들여야 한다는 입장을 간결하게 표현하고 있다. 사실 해설이 별로 필요 없는 관찰들로 차있는 것이 '작은 노래'의 단시들이다. '살아서/ 바다 낙조// 죽어 달밤'은 단순한 자연 예찬이라고 할 수 있지만 낙조나 달밤이 생사와 결부되면서 그것이 스스로를 넘어서는 지속성을 가지고 있다는 것을 암시한다. 여기의 시들에는 앞서의 일반시에서도 볼 수 있는 실존적 시간의 중요성, 어떤 결단의 필요, 변화의 창조성에 대한 생각들이 표현되고 있는데, 이 부분의 마지막에는 다시 한번 세계에 대한 믿음을 확인하는 알바트로스에 대한 시가 들어있다. 이 시는 "남태평양으로 가리/ 남십자성의 밤으로 가리"라는 말로 시작하며 다음과 같이 끝맺는다.

하늘 속
언제까지나
언제까지나
날아오른 신천옹信天翁

제 둥지에

신천옹을 따라 남태평양으로 그리고 남십자성을 볼 수 있는 곳으로 가겠다고 하지만, 결국 신천옹은 다시 '제 둥지'에 있다. 멀리 보되 현재 현지에 남아 있어야 한다는 말이다. 인간 존재의 영원

한 수수께끼이고, 거기에 버티는 것이 지속적인 고은 시인의 입장
이다.

(* 이 해설은 본사의 시집 출판의 체제에 맞춰 많은 부분을 불가피하게 줄였음을
밝힌다. 필자의 관대한 양해에 깊이 감사드린다—편집자 주)

실천시집선 303

무의 노래

2022년 11월 30일 1판 1쇄 찍음
2022년 12월 20일 1판 1쇄 펴냄

지은이   고 은
펴낸이·편집장   윤한룡
디자인   윤려하
관리·영업   이소연
홍보   고 우

펴낸곳   (주)실천문학
등록   10-1221호(1995.10.26)
주소   남양주시 퇴계원읍 퇴계원로 52 405호
전화   02-322-2161~3
팩스   02-322-2166
홈페이지   www.silcheon.com

ISBN 978-89-392-3128-3 03810